Itacate de cuentos mexicanos

Cuentos y encantos del arte popular de México

Ilustraciones de portada e interiores: © Ángel Campos Frías

Bajo el sello editorial PLANETALECTOR M.R.
Avenida Presidente Masarik núm. 111, Piso 2
Polanco V Sección, Miguel Hidalgo
C.P. 11560, Ciudad de México
www.planetadelibros.com.mx

Primera edición impresa en México: enero de 2017
Quinta reimpresión impresa en México: junio de 2023
ISBN: 978-607-07-3877-7

Impreso en los talleres de Litográfica Ingramex, S.A. de C.V.
Centeno núm. 162-1, colonia Granjas Esmeralda, Ciudad de México
Impreso en México – *Printed in Mexico*

Itacate de cuentos mexicanos

Cuentos y encantos del arte popular de México

Emilio Ángel Lome

Ilustraciones de Ángel Campos

Planetalector
Literatura Infantil y Juvenil

Emilio Ángel Lome

Nació en Iguala, Guerrero, en 1965. Dramaturgo, narrador e investigador. Radica en Guadalajara, Jalisco. Estudió letras hispánicas en la UNAM y es egresado del curso para la formación de coordinadores de talleres literarios. Fue becario del FONCA en 1995, por su proyecto de teatro infantil y educación por el arte. Su trabajo se ha especializado en la investigación del arte y la cultura infantiles.

Ángel Campos

Estudió diseño en la UNAM. Responsable gráfico de distintas publicaciones, combina esa profesión con la de ilustrador, especialmente de libros para niños. Su trabajo ha sido seleccionado para el *Catálogo de Ilustradores de Publicaciones Infantiles y Juveniles*, y para muestras tanto en México como en el extranjero.

A Julieta, Fernanda y Sebastián, siempre.

Para Alba Nora Martínez,
hermana de raíces y alas.

BIENVENIDA

Nuestro arte popular
de innumerable recuento
hemos convertido en cuento
para que puedas bordar,
tejer, tallar, modelar
máscaras, ollas, rebozos,
jarros, huipiles vistosos
y hasta un árbol de la vida...
Te damos la bienvenida
a este itacate sabroso.

Once historias mexicanas
de tela, madera y barro
en este libro te narro;
hallarás magia artesana
oaxaqueña y poblana,
potosina, morelense,
tapatía y guerrerense
de alegría y color sin par.
¡Viva el arte popular!
Que la lectura comience.

CUCO PINACATE

Cuco Pinacate, el loco del pueblo, recorría las calles de Ocotlán cargando siempre un gran costal repleto de cachivaches.

Dicen los que saben que en ese costal llevaba cuando menos una plancha vieja, varios pares de zapatos rotos, así como la ropa remendada que ya nadie se quería poner. En resumen, una bola de tiliches.

Cierta mañana, Cuco traía su costal más lleno y pesado que nunca.

Cada vez que encontraba a una persona en su camino, la saludaba, bajaba el pesado costal al suelo y le hacía esta pregunta:

—Oiga, ¿verdad que sí existen las sirenas?

—¡Ay, Cuco! Por supuesto que las sirenas no existen —le dijo doña Mariquita Telésfora—. Son puros inventos de la imaginación, de la fantasía desordenada de esa gente loca

como tú... comprenderás. Anda, vete ya, que tengo muchas cosas que hacer.

Cuco proseguía su caminar con aquel pesado bulto a cuestas. Al encontrarse con don Panchito Codorniz, volvió a lanzar su pregunta:

—Don Panchito Codorniz, ¿verdad que sí existen las sirenas?

—Sí, Cuco, claro que existen las sirenas —le respondió don Pancho Codorniz y atarantó

a Cuco con el tufo aguardentoso que despedía—. Es más, yo acabo de dejar nadando a una en la pileta de mi casa.

Pero si Cuco estaba loco de remate, no tenía un pelo de tonto. Sin perder jamás el entusiasmo siguió preguntando a todo aquel que hallaba en su camino hasta que llegó a la orilla del río.

Allí bajó con mucho cuidado su pesada carga. Desató sin prisa el apretado nudo que cerraba su costal. Muy despacio fue bajando aquella desgastada tela y se pudo ver lo que había en su interior: una hermosa sirena dormida, que Cuco estaba a punto de devolver al agua. Miró las pestañas negras e inmensas. Contempló la exuberante cabellera ondulada. Admiró aquellas formas llenas tanto de curvas como de escamas.

Al sentir tan cerca el agua, la sirena abrió los ojos con gran lentitud. Entre bostezos y respingos se despertó por completo.

Tarareando muy bajito una canción se arrastró sin prisa hasta el río. Riendo y dando traviesos coletazos empezó a nadar y nadar en busca del océano.

Como si algo muy importante se le hubiera olvidado se detuvo de repente. Volteó agitando en el aire su radiante cabellera. Lanzó a Cuco un coqueto beso de despedida y siguió nadando sin prisa, tarareando entre los labios una alegre canción de mar.

Cuco le dijo adiós con un tímido movimiento de la mano y sintió algo muy extraño en su interior, algo como muchas mariposas revoloteando adentro de su panza.

—Ni modo, preciosa —le dijo con algo de tristeza—, si la gente de razón dice que no existes, pues así ha de ser. Qué le vamos a hacer.

Cuco Pinacate llenó entonces su costal con arcilla que había a la orilla del río. Y silbando "La zandunga", regresó al pueblo para hacer sirenas de barro, en recuerdo de aquella que se le acababa de ir.

Sirenas locas, libres, felices. Como él.

EL NIÑO DE LOS CAPULINES

—¿Por qué hacemos mascarones con la carita de un niño? —le pregunta su hijo a Juan Codorniz, artesano de Xalitla.

—Por algo que le pasó a mi abuelo, en paz descanse.

Y Juan Codorniz cuenta:

»—Iba muy contento mi abuelo, Pedro Codorniz, camino de su rancho, cuando oyó que alguien lo llamaba desde las alturas:

»—¡Eh, tú! ¡Acá arriba!

»Detuvo el paso. Alzó los ojos buscando el origen de aquella voz y descubrió que, a unos diez metros arriba de él, parado sobre la saliente de una roca, estaba un pequeño niño haciéndole señas.

»Al bueno de Pedro le alarmó aquella situación y le gritó al chico:

»—Ten cuidado, chamaco sonso, te puedes caer. ¡Bájate de ahí!

»El pequeño, en lugar de obedecerlo, sacó del bolsillo de su pantalón un capulín, se lo metió a la boca, cerró los ojos y sin ningún miedo se lanzó desde aquellas alturas.

»Pedro Codorniz, con la boca abierta del susto miró, sin poder creerlo, cómo aquel chiquillo, en lugar de caer de golpe al suelo, caía despacito como si fuera una pluma mecida por el viento.

»Cuando el chamaco tocó tierra, abrió los ojos, esbozó una sonrisa traviesa y se fue caminando muy quitado de la pena hasta donde se encontraba el espantado labrador.

»Este, todavía atarantado por la sorpresa, le dijo:

»—Chamaco desdichado, me vas a matar del susto. ¿Cómo le hiciste para bajar de esa manera?

»El chico, como si le confiara un gran secreto, le respondió en voz baja:

»—Con estos capulines puedo volar. Es que son mágicos.

»Al darse cuenta de que Pedro no le creía, el muchachito le dijo con mucha decisión:

»—Vas a ver que sí son mágicos y que por ellos vuelo. Vas a ver que es la pura verdad.

»Volvió a subir a lo alto de la roca, se echó a la boca un capulín, cerró los ojos y se lanzó al vacío cayendo otra vez con la suavidad de una voluta de polvo.

»Al llegar al suelo, preguntó entre risas:

»—¿Qué te parece? ¿Ahora sí me crees?

»Mientras el desconcertado hombre se rascaba la cabeza lleno de dudas, el chiquillo le puso enfrente tres capulines y le dijo:

»—Ahora te toca a ti. Anímate, es muy sencillo. ¿O a poco lo que tienes de grandote lo tienes de miedoso?

»Eso sí que mi abuelo no lo pudo soportar. Que un escuincle dudara de su valentía no iba a tolerarlo. Con mucha decisión tomó los capulines, se los echó en el bolsillo y subió con ligereza hasta lo alto de la roca.

»Estando allá arriba, poco faltó para qué se arrepintiera, pero pudo más su orgullo que su miedo.

»Luego sacó los capulines, se los quedó mirando y se los metió a la boca. Cerró los ojos, decidido, y se arrojó al vacío.

»Y como si fuera un costal de papas, cayó en el suelo blando y arenoso.

»La cosa no pasó a mayores, pero el incauto quedó más magullado que un jitomate de tianguis y más morado que un camote.

»El chiquillo se retorcía de risa al ver a Pedro Codorniz todo destartalado en el suelo.

»De pronto, el niño dejó de reírse, puso cara de inocente y con las manitas juntas en gesto de plegaria, alzó los ojos al cielo para decir:

»—Sí, tata Dios, ya sé que para ser angelito soy bastante maldosito.

»Y agitando sus alas angelicales se fue volando a toda prisa para darle una mano al adolorido Pedro Codorniz.

»Desde que empezó a tallar la madera, mi abuelo hizo siempre la misma imagen: la cara de aquel angelito travieso.

LAS CAMPÁNULAS DE PRIMAVERA

Es el primer día de primavera. El tibio sol de marzo anuncia que los fríos invernales ya han quedado atrás.

Con la primera luz del alba empieza a oírse el tintineo melodioso de cientos de campanitas.

La gente abre las ventanas de sus casas y la vista se alegra. Los montes de la sierra poblana se han vestido con flores azules y perfumadas, flores que por tener forma de campanitas llamamos *campánulas.*

Cuenta la tradición que sólo en este día algunas de estas flores repiquetean como pequeñas campanas de juguete.

Todos los demás días en los que nacen y colorean el monte son olorosas y bellas flores de campo.

Pero sólo este primer día de primavera, por alguna razón, repiquetean como si fueran campanas diminutas, pero muy sonoras. Durante este día especial, grandes y chicos recorremos los caminos del monte azul y perfumado. Vamos de aquí para allá recolectando las campánulas que más tarde regalaremos a aquellos que nos son más queridos.

Los abuelos regalan campánulas a sus nietos; los ahijados, a sus padrinos; los señores, a sus esposas, y las muchachas a sus enamorados.

Así que todos en el pueblo recibimos por lo menos un oloroso ramito azul, cuyo retintineo sólo deja de oírse al día siguiente, cuando el canto del gallo anuncia el amanecer.

Apenas el canto del gallo deja de oírse todas las campánulas dejan de sonar.

En ese momento, un penetrante olor inunda por largos minutos nuestro pueblo, que recién despierta.

Un delicioso aroma que huele a consejo de abuela sabia, a risa de sobrino travieso, a inolvidable primer beso de amor, a diminuta campánula repiqueteando en tu oído.

Esta tradición de regalar campánulas cada primer día de primavera viene de mucho tiempo atrás. Cada año la esperamos con igual entusiasmo que a una buena cosecha o a las fiestas de carnaval.

En nuestros pueblos de la sierra se dice que las pequeñas y sonoras campanas de talavera poblana son hechas en recuerdo de esas mágicas flores que trae la primavera: las campánulas.

LUNA Y SOL SE DAN UN BESO

Dicen los que saben y saben los que cuentan que el Sol y la Luna siempre han estado enamorados.

Como todos los enamorados no pueden evitar tener uno que otro problema para poder concretar su amor.

Digamos que es un asunto de andarse buscando sin poder encontrarse. Y es que el Sol, guardián del universo, no puede ni debe moverse de su lugar.

Y la Luna siempre anda acompañando a la Tierra en su camino, que, *casualmente,* es alrededor del sol.

También, como todos los enamorados, estos dos tienen sus mañas y recursos para hallar el momento y la forma de darse un sabroso y apasionado beso de amor.

Llega el momento en el que el Sol, de pura emoción, comienza a ponerse más rojo, más colorado de lo que de por sí ya es.

Y la Luna, halagada por su enamorado, pero tímida, cubre su rostro de nácar con un hermoso rebozo blanco.

Cuando esto ocurre, cuando el Sol y la Luna se van a dar un beso, oscurecen el cielo y la Tierra para que nadie los pueda ver.

Los libros de ciencia nos han dicho que se trata de un fenómeno celeste llamado eclipse solar.

Los abuelos hñähñús de estas tierras alfareras cuentan, por su parte, que se ha oscurecido el cielo porque el Sol y la Luna se van a dar, o se están dando, un sabroso y apasionado beso de amor.

ADÁN, EVA Y LAS FIGURITAS DE BARRO

Don Valerio Dimas, abuelo alfarero de Metepec, contaba esta historia al crear las figuras de sus hermosos y coloridos árboles de la vida.

Ocurrió en el paraíso terrenal.

Adán y Eva pasaban muchos apuros intentando aprenderse los nombres de todos los seres recién creados.

Había mucho que aprender y recordar. Por eso confundían una cosa con otra. Llamaban vaca a la libélula, y girasol al aguacate.

Un día de aquellos, mientras se paseaba feliz por el Edén, a Eva se le ocurrió una idea magnífica.

Tomó un poco del barro que había sobrado de cuando ella y Adán fueron creados, y se puso a modelar unas pequeñas figuras.

Modeló varios objetos, algunos animales y unas cuantas plantas. Buscaba una manera de memorizar los nombres de los miles de habitantes que tenía el Edén.

Puso aquellas figuritas de barro a secarse al sol. Cuando al fin se endurecieron las colgó en las ramas de un pequeño árbol.

Feliz a causa de su ocurrencia, Eva fue presurosa a compartirla con su apuesto compañero.

Todos los días, Adán y Eva jugaban a memorizar los nombres de las cosas y animales representados en aquellas piezas de arcilla:

—Esta figura es el... elefante.

—Y esta otra es una... ¡montaña!

Aquel juego los llenaba al mismo tiempo de asombro y alegría.

Ya que se aprendían bastantes nombres, colgaban una nueva serie de figuritas en las ramas del árbol. Así se la pasaban jugando un día sí y otro también.

Cierta ocasión, cuando jugaban por enésima vez a aquel juego de las figuritas de barro, a Eva se le ocurrió otra magnífica idea.

—Adán, Adán, se me acaba de ocurrir un juego nuevo —dijo emocionada la primera mujer—. Anda, dime qué es esto:

Parece flor, y no es flor;
va volando por el aire
y tiene un lindo color.

El primer hombre tardó bastante en responder. Intentaba descubrir qué era aquello que Eva le había preguntado de esa forma tan singular, pero se distraía mirando los traviesos ojos, la pícara sonrisa, la suave y radiante piel de su compañera.

—La mariposa, Adán, la mariposa. —Eva tuvo que decírselo mientras señalaba con alegría la figurita colgada en el árbol.

Fue así como nacieron las adivinanzas.

Una tarde, mientras Adán dormía a pierna suelta, Eva se entretenía poniendo unas figuritas nuevas en el árbol en el que jugaban.

Al hacer esto ensayaba en la cabeza una nueva adivinanza:

Redondita como el sol,
cuerpo dulce y colorado,
de la rama cae al suelo,
¿ya lo has adivinado?

Todavía no terminaba de inventar la adivinanza de la manzana, cuando de repente surgió la inspiración para una nueva:

Parece rama alargada,
tiene la lengua partida,
se arrastra sobre la hierba,
puede quitarte la vida.

Una serpiente, sigilosa y astuta, llegó siseando hasta donde estaba Eva.

Lo que ocurrió después no tiene caso contarlo.

LA OLLA DE LAS LUCIÉRNAGAS

Cuentan que hace muchos años no existían las luciérnagas, esos pequeños insectos que resplandecen en la oscuridad.

Dicen que las luciérnagas están en este mundo gracias a una gran olla de barro hecha en Tlayacapan.

Y es que cuando está naciendo el nuevo día, los primeros pájaros del amanecer vuelan hacia el cielo y con sus picos empiezan a desprender, con mucho cuidado, las estrellas.

Una por una, poco a poquito, como si cada estrella fuera un granito de maíz.

Después vuelan con ellas de regreso a la tierra y las van depositando de una en una en la gran olla de barro que les sirve de dormitorio.

Esa olla inmensa está colocada en lo más alto de uno de los cerros que rodean a Tlayacapan. Sólo unos cuantos han visitado ese sitio, pero ninguno ha podido dar con la olla. Y nadie ha podido decir cómo llegar a ella.

Cuentan que algunas veces, cuando ha dejado de llover, el arcoíris se asoma adentro de esa gran olla de barro y encuentra a las estrellas durmiendo profundamente. Ese es el mejor momento para subir al cerro.

Eso pasa cada vez que llueve, pero todas las tardes, cuando el sol empieza a ocultarse, los últimos pájaros del atardecer van hacia la gran olla de barro y de una en una toman las estrellas en sus picos.

Suben volando con ellas hacia la oscura franela de la noche. Ahí las devuelven con mucho cuidado: una por una, poco a poquito.

A veces, alguna estrella, despistada o con sueño todavía, resbala de las alturas y cae del cielo como una lagrimita luminosa.

Mientras cae busca desesperada el camino que la lleve de regreso a la gran olla de barro.

Esas son las llamadas estrellas fugaces, a las que hay que pedirles un deseo al verlas caer. Esas son las que logran volver a la gran olla de barro.

Pero muchas no lo consiguen. ¿Qué pasa entonces con ellas? Pues caen en algún otro lugar de la inmensa tierra.

Dicen que, cuando eso ocurre, quedan convertidas para siempre en esos pequeños luceros terrestres a los que llamamos *luciérnagas.*

LA MÚSICA DEL SOMBRERERO

Cada vez que don Silvano Ponce tejía uno de sus sombreros, lo hacía entonando con mucho gusto alguna canción.

Así lo había hecho desde aquel lejano día en que, siendo muy niño, aprendió el oficio de sombrerero en Tlapehuala, su pueblo natal.

Era muy trabajador. Apenas comenzaba a deshojar su luz la mañana ya estaba aquel buen hombre a la sombra de un frondoso árbol de tamarindo concentrado en cuerpo y alma en sus creaciones.

Los sombreros de boda los hacía cantando cadenciosos valses.

Aquellos sombreros que estaban destinados a las fiestas y a los fandangos nacían de entre los compases de algún bullicioso son.

Y los sombreritos para niños los hacía canturreando rondas antiguas y canciones de cuna.

Cuando murió don Silvano, a sus casi noventa años, le fue concedida de inmediato su última voluntad: que enterraran sus restos mortales al pie de aquel árbol que por tantos años había sido su compañero de labor.

Cuentan que la misma mañana en la que lo enterraron, una nube inmensa y presurosa llegó volando desde el horizonte, envuelta en el coro de cientos de melodías.

Eran todos los sombreros que habían nacido de las manos de don Silvano Ponce y que, escapando por puertas y ventanas, se habían juntado para hacer aquella nube cantora.

Al llegar a donde estaba el viejo tamarindo, la nube se deshizo en docenas de sombreros, que entonando valses, sones, corridos y pasodobles se fueron a posar sobre las ramas del alto y frondoso árbol.

La gente de Tlapehuala, aún triste y de luto por la ausencia de don Silvano, salió maravillada de sus casas a contemplar aquel suceso increíble.

Aún no se habían repuesto del asombro cuando los sombreros volaron desde las ramas y empezaron a repartirse entre todos y cada uno de los sorprendidos mirones.

Apenas se posaba una de aquellas artesanías voladoras sobre alguna cabeza, de inmediato el dueño empezaba a cantar sin poder evitarlo. Y todos lo hacían con tanto gusto que no hubo nadie que intentara quitarse el sombrero que le había tocado en suerte.

Toda la mañana y parte de la tarde se alegró el pueblo de Tlapehuala con las piezas que cantaba don Silvano cuando les daba vida a sus creaciones.

—Mi tata quiere que sigamos cantando con él—gritó una de sus biznietas.

—Caramba, don Silvano, ¡usted siempre tan ocurrente! —exclamó su hijo mayor mirando al cielo, mientras gruesas lágrimas de alegría resbalaban por su rostro de hombre feliz.

Cuando el sol comenzó a deshilacharse por entre las montañas, los sombreros abandonaron entre aleteos desganados a sus improvisados dueños, como si no quisieran despedirse.

Dieron una vuelta de despedida alrededor de la copa del tamarindo y, con la ligereza del viento, regresaron volando hacia los sitios de donde habían salido.

Sólo uno de los sombreros se quedó colgando entre las ramas del árbol. Era el primero que había creado don Silvano Ponce. Aquel que había tejido para sí mismo cuando era apenas un niño que quería ser el mejor sombrerero de su pueblo.

CINCO NIÑAS CON REBOZOS BLANCOS

El abuelo Amadeo Menchaca se dio cuenta una mañana de que alguien le estaba robando el maíz de su granero.

Lo notó porque varios costales estaban rotos y había muchos granos regados por el piso.

Primero creyó que el culpable era algún animal, solo o acompañado. "Tal vez son unas ratas de campo —pensó don Amadeo— o algún tlacuache escurridizo".

Con ese pensamiento en la cabeza revisó techos, pisos y paredes en busca de alguna rendija o escondite.

Pero no halló más que arañas, cucarachas, muchas pulgas y un grillo desprevenido. Ningún bicho de aquellos sería capaz de hacer esa mala obra.

Se puso a vigilar por tres días seguidos la única entrada del granero. Nadie entraba, nadie salía.

Cuando al amanecer del cuarto día entró al granero se dio cuenta de que los costales del maíz estaban rotos y enflaquecidos de nuevo. Y había montones de granos desparramados por el piso de tierra.

El granero tenía una sola puerta y, en su parte posterior, colocada muy en lo alto, una ventana tan estrecha que apenas se colaba por ella un retazo del cielo azulísimo de San Luis Potosí.

Las paredes de piedra del granero eran imposibles de escalar. ¿Quién sería el ladrón y cómo lograba meterse a robar?

Molesto a más no poder por aquella situación, el abuelo Amadeo decidió quedarse a dormir en el interior del granero.

Esa noche se preparó cama y almohada con unos costales viejos. Encendió una vela de cebo para alumbrarse en la oscuridad nocturna. Se acostó a dormir vestido con su ropa de trabajo, la vela encendida, por si llegara a ocurrir un imprevisto, y un voluminoso garrote de madera al lado.

La noche transcurrió sin más contratiempos que los ronquidos tremebundos del bueno de don Amadeo.

Poco después de oírse el canto matinal del gallo, unos ruidos como de risas y carreras lo despertaron.

Abrió los ojos con dificultad, pues los tenía llenos de noche y sueño.

Y pudo ver, bañadas por la luz nueva del amanecer, a cinco niñas vestidas de blanco, cada una con un rebozo de ese mismo color.

Las chiquillas jugaban entre risas al tiempo que comían con gran placer puños y más puños de granos de maíz.

Enojado como nunca antes en su larga vida, el abuelo Menchaca se levantó con dificultad de su improvisada cama. Garrote en mano empezó a corretear entre gritos a las pequeñas intrusas.

Las niñas no se asustaron. Sin dejar de reírse empezaron a jugar al “atrápame si puedes” con el anciano.

Corrían por todo el granero desbaratándose de risa al ver los esfuerzos inútiles de don Amadeo por atraparlas.

No tardó mucho el abuelo Menchaca en recostarse arriba de unos costales, desfallecido de cansancio.

Echando el corazón por la boca advirtió:

—Chamacas traviesas, nada más dejen que agarre mi segundo aire y ya verán cómo les va a ir.

Sin dejar de reírse ni un momento, las niñas le mandaron al abuelo muchos y cariñosos besos volados de despedida.

Estiraron sus brazos hacia los lados, extendiendo sus rebozos cuan largos eran.

Entonces, frente a los ojos asombrados del abuelo Amadeo Menchaca, cinco palomitas blancas salieron volando, una por una, por la alta y pequeña ventana de aquel granero.

LA VIEJITA DE BARRO

Soy un jarrito de barro, de esos que se usan para tomar atole.

Hace tiempo tuve forma humana y respondí al nombre de Mariquita Telésfora Eduviges Villalpando y Pérez.

Fui famosa como nadie en todo mi pueblo. Pero no por haber hecho cosas buenas.

Al contrario. Debo mi fama a que jamás en la historia de San Rutilio de los Huauzontles, mi pueblo natal, hubo persona más chismosa, mitotera, chimolera y comadrera que yo, su segura servidora.

Siempre andaba con argüendes enredados en la lengua. Nada disfrutaba más que echar a andar un rumor y ver cómo se iba haciendo cada vez más grande. Como una bola de nieve rodando desde lo alto de un cerro.

El único día que me quedé con las ganas de estrenar un chisme fue aquella mañana infortunada. Aquel domingo lejano en el que no recuerdo ni cómo ni por qué colgué los huaraches, entregué el equipo, estiré la pata. Es decir, cuando me morí.

Tenía poco tiempo de haber cumplido cincuenta y..., digo, sesenta y... ¿O eran setenta y tantos años?

Creo recordar que aquel día me entró mucho sueño. Y dormí como no lo había hecho desde el día de mi primera comunión.

Cuando desperté estaba aquí, en este mercado de Tlaquepaque, convertida en el jarro atolero que ahora soy. Viajando de boca en boca. Igualito que lo hacían aquellos chismes que tanto me gustaba repartir por todos lados.

Ahora que saben mi desgracia, les suplico que me ayuden y se la cuenten a quien puedan, excepto a doña Lucina Escobilla, porque esa señora no me va a ayudar; ni siquiera regresa lo que le prestan. Y ni le digan a mi comadre Cleofas, que, aquí entre nos, no se baña ni aunque le paguen. Tampoco a Don Remigio Pinzón, porque ese viejillo tiene la manía de roncar en todos lados. Y menos a mi sobrino

Rubén, que un día anda de flojo y otro también. Ni le vayan a decir a ninguna otra persona de mi pueblo. Ya ven que así se hacen los chismes.

LA NIÑA RISUEÑA Y SU HUIPIL DE COLORES

A eso del mediodía, al regresar del mercado, la costurera Casiana Mondragón halló a una risueña niña, como de unos tres años, esperándola afuera de su casa.

A Casiana no le fue difícil saber cuál era el motivo de aquella visita.

La pequeña, sin decir palabra y siempre sonriendo, le mostró su bellísimo huipil roto y deshilachado desde el hombro hasta la cadera del lado izquierdo.

En el Itsmo de Tehuantepec se considera que todos los vecinos, grandes o chicos, son parte de una sola y numerosa familia. Por eso a Casiana no le extrañó que llegara tan sola y confiada aquella niña tan pequeña a pedir su ayuda.

La mujer entró a su casa y la chiquilla la siguió. Casiana le acercó una silla y la invitó a sentarse. Enseguida le pidió que se quitara el huipil para poder coserlo.

La niña se negó a hacerlo. Lo hizo con tanta firmeza que Casiana tuvo que coser aquella prenda con su dueña adentro.

Al empezar a coser, Casiana Mondragón supo que tenía frente a ella el huipil más prodigioso que había visto en su vida.

La tela con la que estaba tejido era tan fina y delicada que semejaba la envoltura de los pétalos de una flor.

Su hermoso colorido regalaba a la mirada el amarillo encendido del cempasúchil, el verde jade de las plumas de los loros, el rojo sangre del jugo de las pitayas y el azul luminoso del cielo recién llovido.

Entre puntada y puntada, la costurera intentó hacerle plática a aquella chamaquita vivaracha. De vez en cuando le lanzaba una pregunta: "¿Cómo te llamas?", "¿En dónde vives?", "¿Cómo se rompió tu huipil?".

Pero fue inútil. La niña no dijo palabra alguna. Solo miraba a Casiana con gran atención, al tiempo que le sonreía con la boca, los ojos y todo el cuerpo.

Cuando Casiana terminó de coser, la niña se puso feliz al ver lo bien que había quedado su huipil.

Llena de alegría empezó a reír con una risa menuda y contagiosa, parecida al zumbido de muchas alas.

Sin dejar de sonreír, pidió con gestos y ademanes un poco de agua para beber.

Casiana fue por el agua. Cuando volvió con un jarro lleno de agua de horchata se dio cuenta de que la niña no estaba. Había desaparecido.

La puerta seguía cerrada. Las ventanas, siempre abiertas de par en par, estaban muy en alto como para que se hubiera salido por ellas una niña tan pequeña.

La intrigada costurera buscó por todos los rincones de su casa. Pero no encontró a aquella extraña niña.

Ya casi había renunciado a la búsqueda cuando una risa apagada, como zumbido de alas, se escuchó debajo de una gran pila de tejidos y bordados.

Casiana se dirigió hacia aquellas prendas y empezó a quitar una tras otra con gran cuidado. Cuando ya sólo le faltaban unas cuantas por quitar, salió volando de abajo una pequeña mariposa.

La mariposa revoloteó con alegres aleteos alrededor de Casiana Mondragón. Y, como si fuera un diminuto huipil de colores, se alejó flotando sobre la brisa con olor a pan de aquella soleada tarde istmeña.

EL DIABLITO EN LA CAZUELA DEL MOLE

Un lunes de noviembre, poco después del Día de Muertos, mi abuela encontró a un diablito nadando en la cazuela del mole.

Tomando de los cuernos al pequeño intruso, lo sacó de la cazuela bien embarrado y cantando a todo pulmón "Cielito lindo" en un idioma extraño.

Mi abuela le limpió el mole a jicarazos y lo colgó en el tendedero para que se secara al sol.

El diablito no dejaba de cantar mientras se balanceaba en los mecates del tendedero como si se tratara de un columpio.

Ya que estuvo bien seco, mi abuela lo vistió con ropa de los muñecos de mi hermana.

Le puso pantalón de manta, guayabera blanca, huaraches de doble correa y le encasquetó entre los cuernos un sombrerito de palma.

Después lo sentó en el piso de la cocina, para tenerlo cerca mientras terminaba de guisar.

Le puso al alcance un cajón lleno de juguetes y lo dejó jugando muy contento y entretenido.

Así lo hallamos nosotros al regresar de la escuela. Jugaba en medio de un reguero de trompos, matracas, matatenas y canicas.

Mis hermanos y yo lo rodeamos con mucha curiosidad y un poco de desconfianza.

El diablito empezó a hacer unas muecas muy chistosas mientras nos hablaba en un idioma enredado que nadie entendía.

No parábamos de reír con sus ocurrencias. Al vernos tan divertidos se puso muy contento y se puso a bailar y a cantar con mucha fuerza canciones que nadie conocía.

Al llegar la hora de la comida lo llevamos con nosotros a la mesa. Pero, antes de que sirvieran la sopa, ya se había quedado dormido sobre su silla con el pulgar de la mano derecha metido en la boca.

Mi abuela le preparó una cuna hecha de un huacal de mangos vacío. Allí lo dejó durmiendo un sueño tan profundo que no lo

despertaron ni los fuertes toquidos que se oyeron enseguida.

Cuando mi abuela abrió la puerta, casi se le caen las enaguas del susto al ver que quien tocaba era doña Diabla en persona.

Doña Diabla, con su mandil de cuadritos, su canasta del mandado y un humor de los mil demonios, venía por su chamuquito.

Como alma que lleva el diablo entró aquella enojada señora en busca de su hijo.

Cuando lo encontró, plácidamente dormido adentro del huacal, doña Diabla cambió su expresión endemoniada por un gesto angelical.

Levantó a su nene de la improvisada cuna. Frotó con cariñosa suavidad sus cuernos con los de su pequeño.

Y con mucho cuidado le sacó el dedo de la boca.

El chamuquito empezó a hacer pucheros. Buscó de inmediato el pecho de su mamá. Y cuando lo encontró se quedó allí, muy a gusto.

Doña Diabla, toda colorada de vergüenza por la forma en la que había entrado, se disculpó en su idioma incomprensible con mi abuela y salió de la casa meneando la cola de alegría por tener otra vez a su hijo con ella.

Todavía adormilado, el diablito nos dijo adiós con su mano regordeta antes de que la puerta se cerrara.

Jamás lo hemos vuelto a ver. Pero estamos seguros de que viene a visitarnos de vez en cuando.

Nos damos cuenta de eso por las huellitas de mole que descubrimos en la cocina. Por los juguetes que hallamos tirados en el piso algunas veces. Y sobre todo, por ese olor a azufre que flota en el aire de nuestro pueblo y nos avisa que ese chamuquito anda por algún lugar de Ocumicho haciendo sus diabluras.

ÍNDICE

Impreso en los talleres de
Litográfica Ingramex, S.A. de C.V.
Centeno 162-1, Col. Granjas Esmeralda
Alcaldía Iztapalapa, C.P. 09810,
Ciudad de México

Impreso y hecho en México / Printed
in Mexico